KB092046

탐하다 시를

유영서 시집

시음사
시사랑음악사랑

자신의 이야기를 진솔하게 표현하는 유영서 시인

정신이 명료함은 열정도 명료함을 뜻한다. 때문에 위대하고 명료한 정신을 지닌 자는 열정적으로 사랑하고 자신이 사랑하는 대상을 분명히 안다. 인간은 덧없이 연약한 한 줄기의 갈대에 불과하다. 그러나 생각하는 갈대이다. 파스칼이 한 말이다. 유영서 시인의 작품을 보면서 떠오른 명언이다. 사람은 거짓과 진실 사이에서 성장하고 그러면서 좌절하고 삶을 영유해간다. 내면에서 꿈틀거리고 있는 애달픔과 덧없음의 세계를 유영서 시인만의 특유의 명료함과 여백으로 사색이 아닌 현실에서의 이미저리를 표현하려 노력하고 있는 시인이다.

상식과 지식만으로 사람의 진실을 알 수가 없다면 시인의 시에서 진리와 세상을 찾아보자. 그리하면 그 사람은 마음과 정신이 평온해질 것이며 다른 사람을 사랑하게 될 것이다. 유영서 시인의 작품에는 인간다운 감성과 명확한 의도와 진정성이 있기 때문에 주관적이지도 않으면서 객관적이지도 않은 그러면서 유영서 시인이 탐하려 하는 것이 무엇인지 궁금증을 알아보는 재미가 있을 것이다.

"탐하다 시를" 유영서 시인의 첫 시집 제호이다. 시인이 왜 "탐하다 시를"이라는 제호를 정했는지 궁금함을 자아내기도 한다. 시인의 작품 속에 같은 제목의 작품이 있다. 그 시를 정독해보면 아마도 시인의 의도를 조금은 읽을 수 있지 않을까 싶기도 하다. 언어로 세상과 소통하는 유영서 시인의 첫 시집 "탐하다 시를" 기쁜 마음으로 추천하면서 더 많은 독자와 공감하는 자리를 만들어 가길 바란다.

(사)창작문학예술인협의회 이사장 김락호

시인의 말

황혼 길 저물녘
서산에 걸린 노을처럼
보랏빛 곱게 안고
마음을 누인다

부끄럽다
詩라 하기엔 어쭙잖고
노래도 아닌 삶의 넋두리가
울컥울컥 바람 되어
울음을 토해 놓았으니

얼마나 많은 세월이 흘렀을까
하나하나 풀어 헤친 낱말들이
때로는 구름이 되고 꽃이 되고
사랑이 되고 떠오르는 얼굴
그리워할 수 있다면

늘 곁에서 격려하여주시고
길동무하여주신
사랑하는 분들께
감사의 마음 전하며
아 그것만으로도 행복한 것을

칠순을 바라보는 나이에
탐한 낱말들이 모여
여기 이렇게 한 권의 낙서장이
되었습니다
감사드립니다.

시인 유영서

♣ 1부 삶은 자아를 잉태하다

♣ 2부 계절은 사계를 낳았다

♣ 3부 자연은 삶을 품었다

♣ 4부 사랑은 꽃이었다

본문 시낭송 감상하기

QR 코드 | 스마트폰으로 QR 코드를 스캔하면 시낭송을 감상할 수 있습니다.

제목 : 탐하다 시를
시낭송 : 박영애

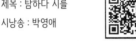
제목 : 손목시계
시낭송 : 박영애

제목 : 자화상
시낭송 : 박영애

제목 : 아버지의 유언
시낭송 : 박영애

제목 : 새벽을 여는 사람들
시낭송 : 박영애

제목 : 도마
시낭송 : 박영애

제목 : 삶
시낭송 : 박영애

제목 : 어머니
시낭송 : 박영애

제목 : 지팡이
시낭송 : 박영애

제목 : 보릿고개
시낭송 : 박영애

제목 : 늙은 호박
시낭송 : 박태임

제목 : 연녹색 운동회
시낭송 : 박영애

제목 : 초겨울 곳간
시낭송 : 박영애

제목 : 만추
시낭송 : 박영애

제목 : 귀향
시낭송 : 박영애

제목 : 저수지 풍경
시낭송 : 박영애

제목 : 오늘
시낭송 : 박영애

제목 : 그 사람
시낭송 : 박영애

제목 : 따라지 인생
시낭송 : 최명자

제목 : 아침 연가
시낭송 : 박영애

시인은 자연을 이야기하고 시낭송가는 자연을 품었다.
글자는 날개를 달아 언어로 날고 소리는 자연에 눕는다.

1부 삶은 자아를 잉태하다

나이를 먹는 만큼 인내하는 법을 배우고

겸손하여지는 마음을 사랑하고 있는 지금

따스한 햇살이

온몸 구석구석 눈이 부신 까닭이기 때문입니다

탐하다 시를

서재에서 한 권의 시집을 꺼내 들었다
향기가 난다.
시인의 고뇌하는 목소리도 들린다

느릿느릿 고요하게
책갈피 속 낱말들이 온통 하얗다
눈이 되어

부끄럽다
발자국 남기기가

참으로 말이야 시를 쓴다는 게
얼마나 어렵고 고통스러운 일인데

아! 나는
허기가 진 들개였나 보다

빈 그릇에
소복이 사락사락 눈이 쌓이고 있다

제목 : 탐하다 시를
시낭송 : 박영애
스마트폰으로 QR 코드를 스캔하면
시낭송을 감상할 수 있습니다.

순종

갈릴리 바닷가
밤이 새도록 그물을 던진 베드로
수고로운 만큼 한 마리 물고기도
허락하지 않았다

긴긴밤 풍랑 헤치고 바다와 씨름하며
얼마나 외롭고 힘든 싸움 싸웠을까

물 위를 걸어오신 예수님 말씀하셨다
깊은 데로 가 그물을 던져라

어부의 자존심 다 던져 버리고
믿고 던진 그물에
한가득 채워져 올라온 물고기들

어지러운 세상에
순종이 제사보다 낫다는 문구가
베드로 마음 되어 경종을 울린다

신용 불량자 이씨

건장한 남자들이 대문 앞을 서성거린다
가끔 수갑을 찬 형사들도 다녀갔다

봉제 공장 사업에 실패하여
야반도주한 이 씨네 부부
우리 아들 죄 없이유
짧게 내어 뱉은 목소리가
쇳소리 되어 갈라진다

금방이라도 울음 터트릴 것 같은 하늘
노모의 얼굴 되어 다가오고
대문 밖을 응시한 채
해피가 컹컹컹 으슬으슬 떨고 있다

노신사의 고독사

오랫동안 차장에 세워둔 차량이
주인 잃은 채 어디론가 끌려가고
사물함의 우편물이 아무렇게나 널브러져
손길 기다리며 굴러다니고 있다

방 안에 숨어 살던 온기가 도망치듯 빠져나와
쓰레기 더미 속에 섞여 분리수거 된 채
청소차에 실려 간다
누구도 관심 주지 않는다
얼마나 외롭고 힘든 싸움 싸웠을까
용을 쓰다 감지 못한 눈동자

노신사가 읽던 책꽂이에 꽂혀있는 서적 나부랭이
찌그러진 금테 뿔 안경과 먹다 남은 약들이
할 말 잃은 채 애도하며 서 있다

가시는 길
호송차라도 불러 드려야겠다
꽹과리 치고 피리 불며 천국의 문 열어 달라
소원 하나쯤 빌어본다

문득 노신사의 책상 위 사랑한다는 문구가
가슴을 후벼 파고 떠나갔다

손목시계

서랍을 정리하다
휴우 한숨 소리와 함께
사십여 년 전 아버지가 젊으신 얼굴로
뚜벅뚜벅 걸어 나오셨다

손목시계는 정각 열두 시에
멈추어 서 있다

태엽을 감자 째깍째깍 소리가 들린다
덥석 손잡으시며 말씀하셨다
너도 이제 노인네가 되어 가는구나

잊고만 살았던 아버지의 체온이 다시 살아나
오싹 소름이 돋는다
내일 모레면 아버지 기일인데
영전에 손목시계나 올려 드려야겠다

애지중지하시던 아버지의 손목시계
문득 내 얼굴을 하신 채
웃으시며 살고 계신다

제목 : 손목시계
시낭송 : 박영애
스마트폰으로 QR 코드를 스캔하면
시낭송을 감상할 수 있습니다.

14

자화상

반란의 흔적이 너무나 무서웠습니다
몸도 마음도 허물어져
눈물겨웠기 때문입니다

구부정한 허리
긴 세월
두 다리를 짓누르며 허둥대고 있습니다

뼈마디 마디
쉴 새 없이 돌아다니며 불 지르고는
친구 맺자고 졸라대는 강직성 척추염
그냥 그렇게 손 내밀며 웃고 말았습니다

나이를 먹는 만큼 인내하는 법을 배우고
겸손하여지는 마음을 사랑하고 있는 지금
따스한 햇살이
온몸 구석구석 눈이 부신 까닭이기 때문입니다

제목 : 자화상
시낭송 : 박영애
스마트폰으로 QR 코드를 스캔하면
시낭송을 감상할 수 있습니다.

15

귀갓길

염분 냄새 흥건하다
입술 짭조름하여 돌아오는 길

활동사진처럼 빌딩 숲 쓸어내며
고단한 하루가 지나가고

남루한 내 주머니 속에서
사랑하는 그미 손톱달 베어 물고
왈칵 어둠을 쏟아내고 있는 중

샐쭉경

서랍 속 깊게 넣어둔 안경집에서
샐쭉경을 꺼내 들었다

어둠의 덫에 걸려 속바람 앓으시며
불혹을 넘긴 나이가
이순을 넘나들었던 아버지

세상살이 시드럽하여
일찍이 이승을 마다하고
저승길 상두꾼이 메고 가는 상여 속에서
얼마나 어둡고 힘든 길 걸어가셨을까

오늘도 샐쭉경을 닦으며
저승길 너머 아버지가
반질반질한 아들 마음을 걸치신 채
아슴챦다 하시며
환한 얼굴로 웃고만 계신다

* 샐쭉경 : 둥근 안경
* 속바람 : 몹시 지친 때 숨이 고르지 않고 떨림
* 시드럽 : 고달프다
* 아슴챦다 : 고맙다

17

둑길을 걸으며

마중 나온 바람이
미루나무 등허리를 쓰다듬고
푸르른 잎새들은 아코디언 연주를
하고 있었다

모래알만큼이나 어지러운 이 하루
개울가 검푸른 하늘이 투망질 하며
고기잡이 한창이다

어디쯤에서 끝이 날까
구부정한 둑길
깍깍 까마귀 한 마리 허공을 맴돌며
이승 길 외로움을 짖어대고 있었다

어머님 마음

달빛이 넘쳐나 절로 눈물 나는
우리나라 하늘의 두루미를 닮은
어머님 마음이긴 하고

석 달 열흘 정화수 떠 놓고
욕심 없이 넉넉할 따름인
보살님을 닮은 어머님 마음이긴 하지만

살 강 안에 쨍그랑쨍그랑 소리를 울리며
아무렇게나 사는 빈 그릇 따위를
나 참 그렇게 살아가는 일로
더러는 잊어버리며 살고 싶은
그런 어머님 마음일까

월척 붕어 시가 되다

소쩍새 울음소리 탐하는 밤이다
별들이 무수히 쏟아져 내리고
찌불놀이 어지럽다

바람이 잠든 수면 위로
스멀스멀 솟구친다
피아노 건반을 두드리는 소리 허공을 가르고

용을 쓰다 끌려 나온
시
너 어여쁜 월척 붕어
그 기다림의 끝자락이 보일 때까지
소쩍소쩍 소쩍새의 눈물을 따라가야 하리

인력 시장 사람들

변두리 어느 골목길에서
사람들 타협하고 있었다
어둠과

엎어졌다 뒤집어졌다
끌려간다. 무쇠 바람
인력 시장 전단지 광고 하나에
하루 치 품삯 목숨줄 저당 잡히고
독이 올라 매달리는 무지 착한 사람들

푸념하듯 터져 나오는 한숨 소리
서릿발처럼 차갑다 못해 돌아서는 뒷모습이
눈물겹도록 안쓰럽다

여명이 밝아온다
닭 울음소리 꼬끼오
새벽 공기를 찢어 젖히고 있었다

실직자 이 씨

늘 짐짝처럼 얹혔던 가장이라는 굴레가
두 어깨 위에서 노력한 만큼 슬슬 풀려나가고
이제는 살만하다고 하였다
내조 잘하는 아내와 두 딸을 둔 이 씨

온갖 냄새 풍기는 시궁창 속에서
몇 번이고 허우적거리다 쓸고 또 닦아내
반듯하게 초석으로 일으켜 세워둔 길

호사다마라 하였던가
몇 달째 회사가 문을 닫아
사내 철대문 자물통 채워둔 지 오래

하루하루 늘어만 가는 은행 대출이자
삼시 세끼 생활비 따위가
잠자리까지 진을 치고 들어와
고통을 호소하고 있다

반란이다 이쯤 되면
정면으로 세상을 들이받으며
더부룩한 수염에 나이보다 몇 살 더 들어 보이는
이 씨의 몰골

목숨 쪼개듯 희망을 저울질하며
이 회사 저 회사 이력서를 보내는
너덜너덜하여진 이 씨의 속내처럼
그래도 태양은 눈부시게 떠서
축 늘어진 어깨 위를 토닥거리다 돌아가고
저벅저벅 네 식구가 손을 맞잡은 채
메마른 강바닥을 열심히 건너가고 있었다

아버지의 유언

요란하다. 빗소리
우르르 쾅쾅
역마차는 달리는데 가쁜 숨 몰아쉬며
큰아들 무릎 위에 조용한 이별을 고하고 계신다
아버지

서릿발 같은 눈빛으로 반항기 많았던 아들에게
유난히 당신을 꼭 빼닮았다고 훈계하시며
회초리를 드시던 아버지

사랑의 매 다 내려놓으신 채
가는 길 강 건너 너무 멀다 하시며
살아서 석 잔이여 죽어서도 석 잔이라
술 한잔 담배 한 모금 달게 넘기신 채
마지막 유언이라고 말씀하신다
쓸쓸한 눈빛으로

용감한 자 지혜로운 자를 이기지 못하며
지혜로운 자 덕이 있는 자를 이기지 못하니
강하면 부러지기에 십상이라
늘 부드러움과 덕을 익히며 살아가라고

이순을 훌쩍 지나 칠순을 바라보는 지금도
가슴에 비수처럼 꽂혀서 살아가고 있는
아 그 말씀 마지막 사랑의 회초리였던 것을

제목 : 아버지의 유언
시낭송 : 박영애
스마트폰으로 QR 코드를 스캔하면
시낭송을 감상할 수 있습니다.

24

어미의 사랑

거느리던 식솔들 그리워하며
백구가 짖고 있다

철철 넘치는 밥그릇 옆에 놓아두고
석 달 열흘을 굶었나 보다

내내 머물던 햇살이
그늘진 곳까지 따라다니고
축 늘어진 젖꼭지에 젖이 불어
아프게 돌고 있다

룰루랄라
파란 하늘로 들떠있다
신접살림한 남과 여

먹먹하여진 하늘과 땅이
이상하리만치 조용하다

신발

날마다 우리는 신발을 신고 걷는다
어디를 갈라치면
좋은 일이건 궂은일이건
그 무슨 길흉화복 하나쯤 걸머지고
참으로 기나긴 여정의 길이다

시내산 활활 타오르는 불꽃
타지 않는 떨기나무를 바라보는 모세
여호와의 명령처럼 신발을 벗을 때
더욱더 겸손하여져야 함을

모르고 있었네
벗기기 전 세상사 모든 더러운 것들을
발로 밟고선 이력서라는 것을

새벽을 여는 사람들

새벽달이 걸렸다
도회지 빌딩 숲 어깨 위로

곤한 잠 청하던 미물들
한 꺼풀 깊은 밤 털어내고
하루 치 노동 값을 셈하는 사람들

버스로 지하철로 따뜻한 온기 실어나르며
하루를 퍼 올리고 있었다

어제도 오늘도
같은 얼굴 같은 표정 들이다

하늘을 날고 있다
기러기 떼
새벽공기 가르며 앞서거니 뒤서거니
날갯짓 분주하다

제목 : 새벽을 여는 사람들
시낭송 : 박영애
스마트폰으로 QR 코드를 스캔하면
시낭송을 감상할 수 있습니다.

27

도마

도마 위 칼질 소리 요란하다

뚝배기 김치찌개
아내의 손맛으로 버무려져
보글보글 끓고 있다

빈둥빈둥 끼니 거른 창자가 쿵쿵거리며
냄새를 맡는 중이다

창밖의 하늘빛 흐렸다 갰다
아내와 나 줄다리기 한창이다

섬뜩하다
도마 위 날이 선 저 칼
날마다 난도질당해도 저 당당한 눈빛

만들어질 때부터 대패 날에 깎이고 깎여
오 놀라워라
다듬어지고 길든 저 참을 '인'자

제목 : 도마
시낭송 : 박영애
스마트폰으로 QR 코드를 스캔하면
시낭송을 감상할 수 있습니다.

28

친구가 된 낱말

나이 들어 친구 하나 얻었다
시를 짓는 늙은이

배운 것도 가진 것도
이룬 것도 없다는데
가끔 아주 가끔 고뇌하며
시를 짓는다는 게 여간 신통하다

누군가 읽어 주는 이 없어도
보글보글 끓고 있다
냄비 속 낱말이
낱말은 마음의 양식이니까

변두리 어느 골목 허름한 사람들
셈도 치르지 않고 한술 떠 배부르게 하는
아! 그런 시를 짓는
늙은이였으면 좋겠다.

술꾼들

술판 한번 걸판지다
취기 오를 대로 오른 술꾼들
산과 들녘을 들쑤시고 다니고

여인네
뽀얗게 드러낸 젖가슴
술꾼들 혀끝에서 하얗게 자지러지고 있다

어쩌랴
여기저기 연분홍 커튼 쳐져 있고
후끈후끈 달아오른 열기
된통 뜨겁다.

삶

쥐꼬리만큼 길어진 하루가
손수레 바퀴에 끌려간다
오후 다섯 시 삼십 분이다

종일 흘린 땀방울이
등이 굽은 할머니 등에 걸터앉아
셈법을 하고 있다

서방님 부랴부랴 세상을 등지고
외아들 녀석은 도망치듯 집 나간 지 오래다

어둑어둑 해그림자 내려앉고
별들이 놀러 올 게다
고단한 하루다

달빛이 창가에 걸터앉아
베게 밑 흐르는 눈물로 창가를 불러주고
냄비 속 식은 밥이 공복인 할머니를 기다린다.

제목 : 삶
시낭송 : 박영애
스마트폰으로 QR 코드를 스캔하면
시낭송을 감상할 수 있습니다.

동행

바람 손잡고
조용한 들길을 걷는다

후미진 풀 섶
고개 숙이고 앉아 있는 너
왜 외롭고 가난하게만 살까

피우고 지고
지고 피우고
먼 길 되돌아와 누군가 기다리는
살포시 한 미소

오늘은 내가
햇살 가득 눈 부심으로 쏟아져
작은 그리움 하나
너와 함께 행복해지고 싶다

품삯

너 참 장하다
흘린 땀방울 수만큼이나
하루를 들어 올렸으니

셀 수 없는 기쁨에
깨달음 하나 얻어지고
세상을 이겼구나

하루 치 목숨값은
더욱더 싱싱해져 푸르러지고
그래 오늘도 수고하였다

귀갓길 마음 뒤로 등 두드려주며
달 따라오는구나!

깨달음

언제부터인가
나에겐 닮은 마음이 하나 생겼어

지금 막
과수원 나뭇가지 어깨 위
봉지 속 민낯으로 익어가는
너의 얼굴이기도 해

살아가는 것은 흐르는 물속 같아
내 몸 맡기고 흐르면 돼

세상은 말이야
그물 던져 얻은 물고기 같아

산다는 게 뭐 별거 있나
기쁨 하나 걸머지고
익어지는 마음으로 여행 중인 거야

어머니

장독대 옆 감나무 한그루
하늘 보며 서 있다

시도 때도 없이 그리워지는 마음

돌아가신 어머니가
반질반질하니 장독대를 닦고 계신다
장을 담그시려나

삶의 그물에 갇혀
잊어버리며 살아온 나날들
어머니가 담근 간장이
공장에서 만들어낸 샘표 간장으로 바뀌어도

맛을 내고
구수한 된장찌개 끓는 소리가
자꾸 어머니를 그리워지게 한다

오늘따라
구부정한 몸으로 장독대 옆에 서서 계신 어머니
주렁주렁 매달린 감들이
빙 둘러앉아 밥을 먹는다

제목 : 어머니
시낭송 : 박영애
스마트폰으로 QR 코드를 스캔하면
시낭송을 감상할 수 있습니다.

지팡이

산길을 오르는데 툭툭 어깨를 치며
산이 묻는다
무얼 짚고서 산길을 올라왔느냐고

권력의 지팡이
탐욕의 지팡이
물질의 지팡이
지팡이 세 개를 짚고서
올라왔노라고 말하자
여기는 그런 거 필요 없으니
다 내려놓고 가라 한다

빙그레 웃으며 부탁하는 소리에
가다 서기를 반복하며 내가 묻는다
지팡이 세 개가 없으면 걸어갈 수가 없어요

그러자 말한다. 산이
나뭇잎 하나 툭 떨구며
이 무게도 무거워 다 내려놓는데
무슨 욕심이 많으냐고

돌고 도는 인생길
빈손으로 왔다가 뜬구름처럼
빈손으로 돌아가는 것이라고

제목 : 지팡이
시낭송 : 박영애
스마트폰으로 QR 코드를 스캔하면
시낭송을 감상할 수 있습니다.

그런 사람

봄에는
아름다운 나무 한 그루 심어 보겠습니다
아름다움이 자라 꽃처럼 아름다운 사람

여름에는
인격적인 나무 한 그루 심어 보겠습니다
인격이 자라 푸르게 푸르게
누구에게나 인격적으로 보이는 사람

가을에는
잘 익은 열매 한 그루 심어 보겠습니다
잘 익은 열매 숙여지고 숙여져
아무 때나 누구에게든 고개 숙일 줄 아는 사람

겨울에는
사랑이라는 나무 한 그루 심어 보겠습니다
허허로운 들판에 사랑으로 자라
나눠주고 또 나눠줘도 사랑이 넘치는 사람

아!
그런 사람이면 참 좋겠습니다.

보릿고개

아버지 어머니가 등 휘어지며
한숨 쉬며 넘던 고개

마른버짐처럼 덕지덕지 허기가 져
시래기죽 끓여 먹으며
손잡고 합심하여
힘이 들게 넘던 고개

뙤약볕 들판에서
연신 땀 흘리는 풀잎처럼
비를 기다리던 세월의 잔해

산 버찌 익어가는 두 태산 골짝
찬물 소리만 공복의 마을로
소리 지어 흐르네!

제목 : 보릿고개
시낭송 : 박영애
스마트폰으로 QR 코드를 스캔하면
시낭송을 감상할 수 있습니다.

아버지

젊은 날
잘 나간다고 하였지
한때는

자식 농사 부실하게 지은 죄 하나로
늘그막의 손수레에 노후를 짊어지고 가는
아버지

화려했던 시절은 토막 나 무너져 내리고
깊게 패인 녹슨 얼굴은
비껴가는 하늘에 구름처럼
소리 없이 굴러가는
손수레 바퀴에 매달려가고

궂은날은 손수레도 힘에 겨워
담벼락에 등 기대고
한숨 소리 깊어집니다

아! 아버지
누구의 죄도 아닙니다
당신은 주기만 하였던 이 나라에 마음 착한
종이었습니다

늙은 호박

어렸을 땐
철이 없어 몰랐습니다

외진 곳 풀숲에 숨어서
내 존재가 있기나 한 것인지

어린 시절 내내 훈육하며
둥글게 살라 하시던
어머니

삭아지고 삭아진 가을날
그제야 알았습니다

철이 들어 둥글게 늙어버린 저 호박
살아생전 어머니 얼굴이었던 것을

제목 : 늙은 호박
시낭송 : 박태임
스마트폰으로 QR 코드를 스캔하면
시낭송을 감상할 수 있습니다.

출근길

새벽 공기 가르며 출근길 서두른다
같은 시간 같은 장소에서 만나는 얼굴들이
너무나 친근하다

안녕하세요
기사 아저씨와 반갑게 인사를 나눈 후
좌석에 앉으면

떠오르는 태양
하루를 짊어지고 가는 바람 앞세워
발걸음 가볍다

하루를 꿰차고 윙윙 돌아가는 기계 소리
분주한 손놀림만큼이나 흘린 땀방울 대견하다

그렇게 일터에 하루는
세상의 오솔길과 맞대어 있었다

덫

은밀하게 아주 은밀하게
눈치채지 못하게
촘촘하게 그물망을 쳐놓고

달콤한 유혹
너무 쉽게 너무도 쉽게 걸려들었다

때늦은 후회다
빠져나오려 몸부림치지만
파르르 떨고 있는 잠자리

절규하는 모습이 잠자리가 아니라
나라는 사실

붕어빵

생김새도 같고 크기도 똑같다
아주머니 낚시질에
줄줄이 올라온다. 붕어가

머리부터 먹을까
꼬리부터 먹을까

구진 한 입 그냥 맛있게 먹고
배부르면 감사하단다

단 생명이 없지만
아주머니에게 건네지는 천 원짜리 지폐가
살아서 움직인다.

흔들리는 세상

가만히 있어도 흔드는구나
바람이 나뭇가지 흔들듯
흔들리는 것 이것뿐이랴

너도 흔들리고
나도 따라 흔들리고
세상사
모두가 흔들리다가

댕강댕강 잘려 나간 풀들도
다시 자라면
그 아픔 잊어버리듯

거짓도
참으로 위장하는 세상

웃다가
울다가

2부 계절은 사계를 낳았다

슬그머니 산빛 노을이 내려와
곤한 잠 청하고 있는 곳간을 덮어주고

무기력해진 오후가
꿩 꿩 꿩 울음소리에 놀라
넘어가는 해그림자 등에 업고
하품을 하고 있다

연녹색 운동회

봄비가 솔솔 내린 들녘
겨우내 깊은 잠에서 깨어난 들풀들이
산뜻한 얼굴로 뽀롱뽀롱 소리 내며
힘차게 일어선다

꼬물꼬물 여린 손가락 깍지 끼고 기지개를 켜니
나풀거리는 노랑나비 기다렸다는 듯이
살짝 윙크를 한다

하나둘 셋 넷
삼삼오오 모여든 친구들
다정히 어깨동무한 채 뜀박질을 하고
봄비를 받아 마시는 풀꽃들
심술쟁이 바람의 시샘하는 눈빛에도
아랑곳없이 목청 높여 노래 부른다

이른 잠 깨어난 노란 민들레
하하 호호 웃으며 박수를 보내니
눈부시게 환한 세상
연녹색 깃발 펄럭인다.

제목 : 연녹색 운동회
시낭송 : 박영애
스마트폰으로 QR 코드를 스캔하면
시낭송을 감상할 수 있습니다.

허수아비

숨바꼭질하듯 새 떼들 슬그머니
내려앉는다

두 팔 벌려 놓고 쫓을 생각 없는지
요지부동이다

이삭들 익으면 익을수록
머리 숙여 겸손하여지고
콤바인 탈곡 소리 요란하다

수매가 등급판정
재빠르게 주판알 퉁겨보고
허수아비 농부들 마음 되어
가을이 누렇게 익어간다

불볕더위

기상 관측소 이래 최고의 온도를 갈아 치우고
찜질방에 든 것처럼 줄줄 흘러내리는 땀방울
나무나 들풀들 금방이라도 불이 붙을 기세다

쩍쩍 갈라져 말라비틀어진 강바닥
거북이 등껍질처럼 딱딱하여져
물고기들 생명줄 놓은 지 오래다

쇠파리 떼 윙윙거리며 들끓어 댄다
논배미 벼들이 필사적으로 거품 물고 서 있다

헐떡거리며 달리는 자동차
폭주족 되어 굉음 소리 요란하다
무섭다 한여름 찜통더위

갈증

잎새들 안간힘을 쓰며
바람에게 매달린다

속살까지 빨갛게 달아오른 농작물
연신 부채질에 한줄기 소나기 그립다

덥다 더워
지구가 용광로처럼 달아올라
앓는 소리 태산을 덮는다

해갈

후끈후끈 달아오른 들녘이
쩌억 쩌억 핏대를 올리며 아우성치고 있다

천둥소리 먹장구름 하늘이 펄떡펄떡
개구리 울음소리로 뛰어다니고

쏟아붓는 빗줄기 뼛속까지 파고들어
농부들 손길 되어 물꼬 터주느라 정신이 없다

실신 중인 농작물 필사적으로 일어서고
물 마실 데로 마신 들녘이 흠뻑 취기가 올라
덩실덩실 어깨 춤춘다

소나기

카랑카랑 생선 장사
스피커 목소리로
빗줄기 거세게 쏟아져 내린다

후끈후끈 달아오른 몸뚱이
가볍게 풀어 헤치고

흠뻑 젖어 목욕 중인
산과 들녘은
초등학교 운동회 날
철수와 영희의 얼굴이다

가을이 익어간다

들녘이 황금빛 표면처리 한창이다
익으면 익을수록 농부들 마음 되어
겸손을 머리에 이고 산다

삶의 길목을 서성거리며
참새떼 푸드득 이 논 저 논
도둑질 한창이고

덕문이 뜰 이 씨네 집 마당
하늘이 가을을 지게로 지어 나르며
품앗이하느라 눈코 뜰 새 없이 바쁘다

멍석 위에 널려 있는 고추들
벌거벗은 몸뚱이 일광욕 즐기며
검붉게 근육질 눈부시다

가을이 주고 간 선물

그냥 그렇게 가만가만 가을이 와서
붉은 물감 노랑 물감 갈색 물감
하나씩 던져주고 갔다

하늘 아래 서 있던 나무들이
식솔들을 거느리고
몸단장하느라 정신이 없다

고운 빛은 소리처럼 흩어져
위에서 아래로
하루가 다르게 뻗어 나가고

몸단장한 나무들
화장기 없는 나무들이 한데 어우러져
높은 곳에서 낮은 곳으로의 긴 여행길
이제 막 시작되었다

단풍

산 능선을 따라
햇살이 눈부시게 찰랑대고 있다

그들만의 놀이가 시작되었다
가을의 길이다

나무들
식솔들을 거느리고
도보하는 골짜기마다
붉은 깃발
노랑 깃발
갈색 깃발 나부끼며

산과 들녘
잎새들 활활
핏빛 노을 검붉게 터져 내린다

가을비 이별을 재촉한다

피땀 흘리며
평생 한길로 살아온 민초들
하루하루 야위어가는 들녘이다

갈 길 준비 바빠진 갈잎같이
추적추적 비가 내린다

고단하게 몸을 섞던 식솔들
봄부터 가을까지
하나둘씩 암팡지게 경운기에
매달려 떠나가고

쑥부쟁이 마음 허하여
논두렁 수로 가에 턱 고이고 앉아
애달파 가는 길
붉은 눈물 뚝뚝 흘리며
이별을 노래하고 있었다

남정네 가을을 탄다

남동 구청 앞
일렬종대로 쭉 늘어선 감나무 가로수 길

연분홍 치마저고리 곱게도 차려입은 새색시
속치마 살랑살랑 바람결에 나부낄 때

얼굴 붉게 홍조 띤 남정네들
화끈거리는 몸뚱어리
어찌어찌 감당하지 못하고

사계의 세바퀴를 돌아
툭툭 툭툭 툭 깊어가는 가을 속
열정으로 몸 내던지며 출렁이고 있었다

참깨를 털며

따갑다 가을볕이
저항 한번 못하고 거꾸로 물구나무선 채로
회초리로 흠씬 두들겨 맞는 중이다
깨단들

여름내 튼실하게 살이 오른 정직한 알곡들
모두 다 뱉어내라고 고소한 하얀 속살들
차례차례 비명을 지르며 나뒹굴고

뒤 뜨락 감나무 장독대 머리 위
붉은 홍시들이
육 남매 얼굴로 주렁주렁 매달려
기다리고 있었다
손길을

오늘따라 담장 너머 어머니의 긴 그림자가
깊어가는 이 가을
한결 가벼워 보인다

시월 소곡

푸르른 하늘로 열어젖히고 있었다
시월에는

몸서리치며 떨어지는 낙엽들
아직도 작디작은 흔들림이 있어

심줄같이 질긴 네 뿌리에는
끈끈한 그리움이 몰려서 서성거리고

벽과 벽 사이 헐거워진 가을이
노을빛 죄도 없이 눈물 젖는다

탈의

지천으로 매달려 있다
단풍들

끌려간다
팔랑팔랑
바람 굴렁쇠 되어

이승 길
미련 없이 한잎 두잎
저마다 하직 인사를 하고

누더기 옷자락 한 벌
가는 세월
우수수 여기저기
속세를 벗어 놓는다

초겨울 곳간 풍경

들쥐들이 숭숭 구멍 뚫어놓은 둔덕을 베고
곤하게 잠들기 시작한 곳간을
햇볕이 찰랑거리며 지나가고 있었다

무쇠 바람 가랑잎 한 짐을 지고 와
여기저기 나누어 주고 있다

구름 길 터준 하늘 자락
앞서거니 뒤서거니
기러기들 제 갈 길 가기 바쁘다

슬그머니 산빛 노을이 내려와
곤한 잠 청하고 있는 곳간을 덮어주고

무기력해진 오후가
꿩 꿩 꿩 울음소리에 놀라
넘어가는 해그림자 등에 업고
하품을 하고 있다

제목 : 초겨울 곳간
시낭송 : 박영애
스마트폰으로 QR 코드를 스캔하면
시낭송을 감상할 수 있습니다.

해탈

겹겹의 고요 속이다

성깔 풀어헤친 바람이
삐걱삐걱 자전거를 타고
산야를 한 바퀴 돌며 순찰을 돌고 있다

잠자고 있던 어린 새순들
솟구치는 피
화들짝 놀라 잠 깨어 일어나고

깊어가는 겨울 속
내려놓을 것 다 내려놓은 나무들

몸도 마음도 자유로워 날아갈 듯
가랑잎처럼 가볍다.

씨름

가는 겨울
담벼락 틈새 한 귀퉁이
햇살 한 자락
기를 쓰며 붙잡아 놓고

칼바람 시퍼렇게
날 곤두세우며 달려들어도

초록 초록 어린 새싹들
살붙이로 모여앉아
샅바싸움 으라차차
씨름 놀이 삼매경

겨울밤

별들이 어둠 뒤에 숨는다
시린 도시가 가로등에 몸 기대고
불빛을 토해내고 있다

돌아갈 곳
한둘씩 마음 급한 사람들이
둥지 찾아 떠나가고
옷깃 여미며 칼바람으로 떨고 있는
겨울밤

들려온다. 워낭소리
나뭇가지 위 망울망울 저 어린것들
쑥쑥 몸 밀어 올리며
누가 오시려나
아 시린 겨울밤
몸 달궈 놓은 채 몸살을 앓고 있다.

봄이 오는 소리

겨우내 내려놓지 못한 일탈을 벗어 던지고
몸도 마음도 가볍게 사그라진 갈대처럼
강가에 서 있었다

온기가 돈다. 물빛이
언제부터인가 몇 날 며칠을 건너편 산자락
겨울을 낚고 있다

틈새들 벌어지기 시작한다
얼어붙은 들녘
서릿발 내려앉은 흙더미 속에서
새싹들 기지개를 켜며 한둘씩 일어서고

아! 누가 오는 소리
서릿바람 등에 업고서 딸랑딸랑 워낭소리
들녘에서 들린다.

환희

후드득 비닐 걷어 내자
어라 저 어린 것들 좀 보소

엄동설한 그 시린 겨울날
월동 살이 그리 녹록지 않았을 터인데

얼음장처럼 차가운 꽁꽁 얼어붙은 흙더미 속에서
몇 번이고 넘어뜨린 절망을 이겨내면서

겨울에 잔해 뼈 마디마디
허옇게 드러낸 관절 틈새 사이로
조준하고 있었네
목마르게 기다리던 햇볕을

봄밤

너 참 붉다
실핏줄 터트리며
밤새워 그리도 끙끙 앓더니

아프니
얼마나 아픈 게니
끈적끈적한 눈물 아리구나

너희들 사랑만큼
우리 사랑도 꽃피웠으면 좋겠다

아! 봄밤에 흘려진 저 피

만추

모퉁이 돌아
풍경이 있는 찻집

커피 향 그윽한 찻잔 기울이며
낱말 하나 줍고

유리창 너머
이별 이어지는 나뭇잎들의 행렬

무심한 세월
불쑥 뛰쳐나온 그리움 하나

젊은 날
따스한 추억담아
머물다 가는 눈길

 제목 : 만추
시낭송 : 박영애
스마트폰으로 QR 코드를 스캔하면
시낭송을 감상할 수 있습니다.

오월

화르르화르르
꽃들이 알몸을 털고 있다

나무들 세간살이 자리 잡는 사이
시퍼런 잎새들 들불처럼 번져 나가고
깨끗한 하늘가 높새바람 분다

앞산에서 뻐꾹
뒷산에서 뻐꾹
눈 시린 산과 들녘이
어린아이 웃음처럼 해맑다.

가을 가네

마파람 뭉게구름 서넛 데리고
산 넘어가고 있네

바지랑대 고추잠자리
까딱까딱 장난질하며
가을을 그리고 있네

집요하게
새 떼들 논밭을 넘나들며
알곡을 털어가고
허수아비 얽매였던 그림자
후련하게 옷 벗어 던지네

쓰르라미 쓰름쓰름
가을을 노래하네

풍요로운 세월 한 움큼씩 움켜쥐고
저만치 가고 있네!

다 떠나보내고

탈탈 털린 가을이다

찬 서리 내린 들녘엔
백수가 된 허수아비
혼자되어 서 있고

요란하던 함성 들린다
박수갈채 받던 눈부신 햇살
황금빛 넘치던 들녘이 허허롭다

시간과 시간 사이
심술 난 바람만 온종일 쏘다니고
구름 한 점 쓸쓸히 산마루에 걸려있다

파하는 가을

끌려간다
바람에 바삭거리는 나뭇잎

여윈 몸
울컥울컥 토해놓은 각혈로
산자락 붉게 물들이고

가을은 가고 또 오겠지만
가시는 곳 어디쯤
찬 서리 내린 가슴앓이

텅 빈 가슴 멍한 상처
이 가을 속절없이 파하고
몸 떠나는구나!

3부 자연은 삶을 품었다

모든 것 다 내려놓고
대지가 시린 가슴 열어젖히는 날에는
옳아서 손뼉 치며
하늘이 하는 일에 머리 숙여
겸손하여질 일이다
아 그 속에 내가 있고
오늘을 빚지고 살아가고 있는 것을

지렁이의 울음소리

흙을 먹고 배설하며
양질의 영양분을 만들 뿐
대가 같은 것은 없었다

펼쳐진 어둠 속에서
가난한 소리로 울어댈 뿐

튼실하게 잘 자라준
배추, 무가 고맙다고 인사를 건네고

넘치면
세상 돌아가는 일 그리워져
적당량의 수분만을 먹고 살며

한 뼘 기쁨 모실 곳
공은 모두에게 돌리고
열심히 자맥질하며 일을 하는
토룡으로 산다.

영원한 이상

건장한 하늘이
불끈불끈 힘깨나 쓰며
하루를 들어 올린다

흙냄새 맡으며 자라난 생명들
햇볕 뜨거운 기운 쪼이며
재미난 이야기를 나누고 있다

낮 동안 일어났던 사건들
어두움 속으로 끌어가고

달빛이 내려와
질서 정연하게 잘 자라고 있나
눈여겨보고 있다

만물을 지배하는 하늘
푸르고 높은 곳에서
싱글벙글 웃고만 있다.

강가에서

굽이치고 굽이쳐 흐르는 강
쪽배 띄워 두둥실 떠나 볼까 합니다

눈부시다 부시다 못해
윤슬 되어 쏟아지는 햇살
현기증 일러 울렁이고

오리들 헤엄치며
부연 맺어 새끼들 데리고
사랑을 노래합니다

바람 소리 새소리 흐르는 물소리
건너편 산자락 푸르름에 초대되어
울적한 이내 마음 다녀올까 합니다

저녁노을

쪽빛 진하게 물들인 보자기 위로
붉은 기둥이 내려앉는다

오색찬란한 띠를 두른 채
눈부시게 장관이다
눈길 떼지 못하고 셔터기 돌아가고

산과 바다와 하늘이 마주 앉아
불놀이 삼매경이다

비 갠 산야

산허리 물먹은 나무들
숲길 되어 바람길 터주고
잎새들 제 몸 털어내며
파르르 수다들 떨고 있다

햇볕이 내려와 윤슬 빛나게
뜨거운 온기 풀어놓고

꿩꿩 꿩 우는소리
산야 휘휘 돌아
저녁노을 붉게 휘감는다

월미도

나른한 오후
철썩이는 파도가 하얗게 거품을 물고
잠시 일탈을 내려놓은 연인들의 체취가
눈이 부신 햇살에 마춰돼 바람결에 실려 향기롭다

그 단내 나는 향기 속에서
죄를 진 사람처럼 서 있었다. 나는
거품처럼 밀려오는 삶의 굴레가
갈매기 울음소리로 떠다니다 못해
건너야 할 바닷길이 도무지
끝이 보이지 않기 때문이다

그래서 나는 간절히 기도를 한다
푸르디푸른 밀려왔다 되돌아갈 줄 아는 저 파도는
나의 길이자 모두의 염원이 담긴 갈 길이기 때문이다

숲속의 아침 음악회

서걱서걱 살 부비는 소리 들린다
직박구리 작은 새
휘파람 불며 전주곡 한창이다

황금빛 의관을 차려입은 왕자님
유니콘을 타고 하늘에서 내려와
일일이 입맞춤을 하느라 정신이 없다

여인네들 푸르름으로 연지 곤지 바르고
황홀하다 못해 기절할 지경이다

숲속의 아침은 시끌벅적
동해물과 백두산이
신명 나는 음악회는 시작되었다

수마 대지를 폭격하다

우르르 쾅쾅
검은 성깔 풀어 헤치고 연신 포 쏘아대며
폭도들 장갑차 들이밀고 쳐들어오고 있다

찢기고 피 흘리고 나뒹굴며
무차별 융단 폭격에 빗발치듯 파편 날리고
대지가 천 길 낭떠러지에 걸려
살려달라 아우성치고 있다

검정 장화 흰 우의를 걸쳐 입은
여리디여린 민초들
여물어 가는 저쪽 간절하게 소원을 담아
신앙심에 심지 불 댕기고

집중포화 넘어뜨린 푀기마다
깊은 상처 칭칭 붕대 동여매고
잡풀처럼 일어서고 또 일어서
신음하며 감내하는 생명줄
위태위태 눈물 나게 고맙다

배추를 뽑으며

뽑혀 올라온다
배추들
틈새 밑동의 흙도 함께

동고동락하며
구십일 동안 군말 없이 함께 살아온
죄도 없는 살점이 덩달아 따라 올라온다

밭떼기로 중간상에게 팔려나간
밑 거름 주고 물 주어 정성 들여 키워낸
튼실한 배추들

몇 푼 쥐어진 지폐 다발 속에서
허둥지둥 고맙다고 인사만 남긴 채
어디론가 실려 간다

오늘따라 늦도록 산 비알을 바라보며
서성거리는 아버지
밭고랑 널려진 배춧잎 더미더미 속
휘어진 등줄기 눈물 나게 애처롭다

배추벌레

심각한 줄 몰랐다. 처음에는
몇 날 며칠을 조금씩 아주 조금씩
떡 하니 제집인 양 자리하나 차지하고는
오르락내리락 애벌레인 줄만 알았는데

야금야금 사각사각
오만과 편견 이기심과 독선으로
가득 채워져 갉아먹고 있었다

정직한 몸뚱어리 아는 건지 모르는 건지
몸집 키워진 배추벌레가
아! 나였던 것을

귀향

산 하나씩 걸머지고
도회지로 걸어 나간 사람들이
돌아오는 중이다
하나둘씩

얼음장 풀리면 송두리째 갈아엎을
금 댕 이 들녘
그 무슨 정 하나쯤 남아
온종일 따스한 온기가 머물러 있다

산비탈 갈참나무
마른 잎 다 털어내고
몸도 마음도 지쳐
가랑잎처럼 사그라질 때

보듬어 주고 있었다. 고향 집
볕을 쬐고 앉아 바람도 어쩌지 못하고
겨우내 떨고 있는 그리움 하나

제목 : 귀향
시낭송 : 박영애
스마트폰으로 QR 코드를 스캔하면
시낭송을 감상할 수 있습니다.

사계와 나

만져도 보고 간지럼도 태우고
톡 터트려 꽃들의 향연이 시작되는 날이면
찰랑대는 햇볕이 하는 일을 따라가 볼 일이다

잎새들 그네 타고 놀며
후끈후끈 달아오른 열기
대지가 한줄기 소나기 그리워지는 날에는
우르르 쾅쾅 천둥 구름
그네들이 하는 일을 따라서 하여 볼 일이다

산하고도 친하여져 연분을 쌓으면
단풍 곱게 물들어
이 산하 저 산하 깃발 나부끼며
향군 하는 곳을 따라
바람이 가는 길을 좇아가 볼 일이다

모든 것 다 내려놓고
대지가 시린 가슴 열어젖히는 날에는
옳아서 손뼉 치며
하늘이 하는 일에 머리 숙여
겸손하여질 일이다
아 그 속에 내가 있고
오늘을 빚고 살아가고 있는 것을

눈 내린 날 산을 오르며

눈이 시리도록
밤새 눈이 내렸습니다

발자국 남겨놓고 이른 새벽
맨발인 산새가 홀로 다녀갔나 봅니다

맨몸 드러낸 나무들도
상의 하얀 윗도리를 걸쳐 입었습니다

사방이 고요합니다
오르는 내내 길 터놓고
하얀 마음 마중 나와 있습니다

어수선한 속내 남겨놓고 내려오는 길
햇볕 따뜻하게 하늘 한 짐 머리 위로
쏟아집니다

오늘만큼은
어둠과 몸을 섞던 하루가 환해져서
깨끗하게 참 하얀 세상입니다

새싹. 1

보고 싶었니
뭐가 그리도 바깥세상이 궁금하길래

덤불 속 눈망울 굴리는 초록 저 어린것들
내버려 둘 수도 없고
그냥 돌아서 가버리자니 그렇고
밟히는 마음 눈이 부셔
너에게로 가서 자꾸만 눈이 부셔

네가 내가 되고
내가 네가 되어주어서
참자
우리 조금만 더 참자

더디게
더디게 오는 봄

새싹. 2

그렇지
간밤에 비 내리더니

겨우내 세월 한 자락
깊이 묻어둔 속내 풀어헤치고
꼼지락꼼지락 봄 눈 틔웠니

허 고것들 참
하늘빛 참 곱다.

길

산을 오르며 정상으로 가는 길은
너무나도 힘들구나
오르는 것은 자유이지만

떡갈나무 졸참나무
소나무 향 코끝을 스쳐 가고
짬짬이 멈추어 서서 주위를 살펴보게 하는
저 푸르름의 나무들도 길이 있음을 알거늘

하물며 우리네 삶도 그러할진대
오르막길 내리막길 거뜬히 걸어온 길

살아온 날도 살아갈 날도 거기까지인 줄 알면서도
높기만 한 저 봉우리
뒤안길에도 길 하나 있으려나

들녘에서 생긴 일

오늘은 내가
무엇에게 홀렸는가 보다

꽃다지 냉이 쑥
정겨운 이름들 눈에 밟히고
보채는 바람 따라 손님처럼 왔다 갔다
푸릇푸릇 들녘이 마음에 와닿았는지
예쁘다 예쁘다 한나절 오후 길

아! 어쩌면 좋아
저 웃고 있는 아름다운 여인네여

강가에서

어둑어둑
해그림자 내려앉는다

주저앉은 물빛에 욕망으로 들끓던 하루가
하얗게 지워지고
길 밖으로 요동치던 근심이
사정없이 나를 후려친다

길은 멀다
세상 사는 일 죄가 많아
눈시울 젖는다

흐르는 강물
저 혼자 흐르며 말이 없다.

교감

어라
너의 뒤태가 수상쩍다

벌건 대낮에
너는 왜 만개하려 하는가

잔잔한 고요가
푸른 융단을 깔아주고
너는 지금
절정에 올라있다

분홍빛 커튼 쳐져 있고
미친 듯 오르가슴에 올라
바람난 남정네와 교감 중이다

바람의 짓

서걱서걱 갈대밭 사이를
바람이 핥고 지나간다

풀잎들 관절 꺾이며 힘없이
주저앉아 버리고
중심에서 이탈한 푸르름이
제자리 찾느라 분주하다

태양이
햇살 서너 말 싣고 와 퍼붓는다

아우성치던 대지가 절간처럼 조용하다.

저수지 풍경

말간 하늘이 수면 위에서 놀고 있다
심심한 햇살이 깔깔거리며 지나간다

던져진 찌에는 기다리는 것이 지루해 보였는지
실고추 잠자리 날아와 까딱까딱 장난을 치고 있다

뭐 좀 잡았소
빈 망태를 기웃거리며 바람이 묻는다
물속 사정을 내 알 리요
붕어란 놈과 한판 줄다리기 아직까진 무승부다

구름 한 점
둥글게 둥글게 산등성이를 넘어가고 있다
숲속에선 어린 꿩 울음소리
푸르름을 찢고 있다

제목 : 저수지 풍경
시낭송 : 박영애
스마트폰으로 QR 코드를 스캔하면
시낭송을 감상할 수 있습니다.

들녘이 익어간다

오열하듯
햇볕 내리쬐는 들녘이다

쑥부쟁이 붉은 꽃
늘어트린 어깨를 감싸 쥐며
바람과 타협을 하고 있다

웃자란 벼들은
농익는 냄새 풀어 수로를 가득 메우고
그늘 깊은 논두렁에선
하늘 고요를 깨트리며 뜸부기 운다

농로 길 열어젖히며
경운기 한 대 들어서고 있었다
구불텅구불텅 익어가는 세상 속으로

비 오는 날 들길에서

추적추적 비가 내린다

하늘 가까이 종잡을 수 없는
그리움 하나

촉촉이 젖은 풀잎처럼
바르르 떨며 울음 삭이고
쏟아지는 빗줄기 갈 길 잃은 나그네

허허로운 들판으로 뼛속까지 흠뻑 젖어
저기 저 혼자 서 있는
들꽃 한 송이

웃으며 지우며 몸 사위고 싶다

시

투명한 하루가
알몸을 드러내고 있다

말간 하늘로 씻긴 숲들이
일제히 기지개를 켠다

이슬 내린 풀잎 사이로
사마귀가 감성을 엮어내며
한편에 시를 쓰고
초록의 빛깔들이 시리도록 눈부시다

풍경들이 어우러져
조각조각
퍼즐을 맞추고 있었다

들녘엔 지금

찰방찰방 햇살을 머리에 이고
시냇가를 건너고 있네
잘 익은 들녘이

셈 빠른 농부들
한껏 배부른 알곡을 거둬들이고

몸도 마음도 왔던 길
바삐 되돌아가는
내 고향 양촌리 금당 들녘

마당 가 널어놓은 붉은 고추
빨갛게 빨갛게 몸 등 굴리며
가을을 말리고 있네!

들길을 걷다가

가을볕이 정겹다
수만 가지 헤아릴 수 없는 것들을
살찌우게 하고

허기가 져 시장기 달래주는
황홀하게 눈부신 들녘을 거닐면
익으면 익을수록 고개 숙인 벼 이삭에
눈길이 멎어 겸손해진다

그렇다
빈곤한 자
풍요를 일깨우는 풍성한 들녘

돌아서는 발걸음에
등짝 한 짐 가득 얹어 짊어진 알곡에서
빛이 나고 있다

오늘

다 털린 가을이다
내가 어디쯤 서서 멈칫거리고

툭툭 비대해진 바람이
몇 잎 남은 잎새를
건드리며 지나가고 있다

그 바람 따라가다 보면
길이 있을까

살다가 가야 할 그곳
누가 가르쳐 주지 않아도 다들 안다

가다가 사라지는 모든 것들
그래서 소중한 오늘인가 보다

제목 : 오늘
시낭송 : 박영애
스마트폰으로 QR 코드를 스캔하면
시낭송을 감상할 수 있습니다.

산

그냥
담으라 한다

세상 오욕 무거운 짐
다 내려놓고

오르는 길 수고로웠으니
허락 같은 것 필요 없단다

내어주고 채워주는 마음
그 깊이
하늘과 통했으리라

4부 사랑은 꽃이었다

네가 나에게 눈길을 주듯
나도 너에게 눈길을 주고

누가 너더러 들꽃이라 하였던가
수줍은 너의 미소는 그리움이라 하자

한낱 뜨거운 햇빛보다 더 가슴 따뜻한
사랑이었던 것을

그 사람

밤새
서리가 하얗게 내린 그 길을
나에게로 와
얼은 손 덥석 잡아준 그 사람

험난한 가시밭길 애써 외면하려 하지 않고
방금 피어난 꽃처럼 언제나 웃으며
내 곁에 있어 준 그 사람

혼자 가지 말고 함께 가자며
밤길 외로울 때
길동무하여준 그 사람

남은 생
강 건너 뱃길 멀어도 함께 가자며
마음속에 들어앉아 노를 젓는
그 사람

거칠어진 손
깊게 팬 얼굴
세월에 잔해여
그 사람 바보 같은 사람
꽃보다 아름다운 사람

제목 : 그 사람
시낭송 : 박영애
스마트폰으로 QR 코드를 스캔하면
시낭송을 감상할 수 있습니다.

짝사랑

그리워 그리워 밤새 눈물지으며
손수건 꽃잎 되어 노오랗게 물들었네

하루 종일 오매불망 해님 따라 고개 돌리고
타는 마음 깊은 속내 한 광주리 머리에 인 채

얼굴 시꺼멓게 수놓은 씨앗
한들한들 바람결에 편지 한 장 띄워 보내고

오늘도 저 홀로 큰 키로 서서
멀뚱멀뚱 님 그리워 서성거리고 있네

꽃잎 지는 밤

밤새 몸살을 앓고
단내 나는 몸뚱어리
후드득 제 몸들 털어내고 있었네

뭇 사내들 유혹하던
붉은 입술 짙은 화장기
소쩍새 울음소리로 풀어내네

더 이상 물어보진 않았네
사랑이 무어냐고

달빛 으스스
세월을 거꾸로 서서 왔던 곳
되돌아가는 길 배웅 중이네

외로움

헛간처럼 어둑한 방
노모의 헛기침 소리가
희뿌연 먼지 속에 풀풀 날아다니고

창가에 걸어둔 달빛이
턱을 괴고 앉아
집 나간 아들놈을 손꼽아 기다리고 있었다

어지럽게 늘어선 빌라촌 골목길
사람 찾는 전단지만
음흉스럽게 굴러다닌다

쓰러진다 별들이
하늘 자락 깊숙이 흥건하게 토해놓은
붉은 피

따라지 인생

흥이 오를 대로 올라있다
편의점에 들러
광채 나는 삼 팔 광땡 등짝에 짊어지고

담배 냄새 풍기는 점퍼 주머니 속에서
일 차 이차 삼차 봉급 명세서
기분 좋게 털리는 중이다

술 빛 내음 취기 오를 대로 올라있다
건물 사이사이 네온사인 출렁이며
정신없이 끌려가고

달님 하얗게 질려 대문 앞을 서성거린다
식탁 위에 따신 밥이
아파트 전세 융자금 이자 뭉치로 쌓여
시름시름 말없이 중병을 앓고 있었다

어부와 바다

밤새
조사 라이트 불빛 따라 모여든다
어군

팔근육 꿈틀거리며 구령 소리에 맞춰
퍼덕이는 새벽 별
하나둘씩 그물에 걸려
허우적거리며 올라오고

넘어가고 있었다. 산등성이를
삐걱삐걱 페달을 밟으며
달 그림자가 망망대해를 건너서

몇 날 며칠
사투를 벌인 밤바다 위에 만선이다
흰색 깃발 높이 올리고
구릿빛 어부의 얼굴이
차가운 물살과 포개져

아무런 대가도
바라지 않는 기다림 하나
덩그러니 바다에 내려놓은 채

소문

오호라
들 길을 걸어가는데
그냥 좋아서 들길을 걸어가는데
툭툭 어깨를 건드리네

누구인가
구름도 아니고 바람도 아니고
물씬 풍기는 향기 마취되었다
그 부드러운 손길

당신은 누구십니까

자줏빛 옷고름
뽀얀 속살 눈부시게
내 가슴속에 들어와 앉아있는
고와라. 그 자태
너 어여쁜 여인네여

소리소문없이 번져 나갔다
풍문처럼 여기저기 빠르게

미안하지만
참으로 미안한 일이지만
오늘은 내가 쉬어가야 할 것 같다
긴긴 하룻밤

열병

그렇게 불타는 거니
뜨겁게 뜨겁게

뚝뚝 흘려진 저 눈물
선 분홍 피
그 정열 견디지 못하여
뜨거운 몸
가시로 찔러대며 밤새워 울었구나

울지 마라.
울지 마!

나도 네 앞에 서면
뜨거워져 숨조차 쉴 수 없는걸

열애

너울너울 춤을 춘다
앞산 아지랑이

하얀 커튼 드리워진 꽃등 불 무더기 속
사랑 듬뿍 채워진 너의 창문을
만만한 바람이 기웃거리며 지나가고

아리따운 처자들
쉿
퍼붓는 햇살과 뜨거운 연애 중

달

방금 샘물에 목간하고
사락사락 구름옷 걸치는 소리

쿵 쿵쿵
심장 뛰는 것 좀 봐
어라
입술까지 부르텄네

내가 뭐
커다란 잘못이라도 저질렀나

아니야
들통날까 봐
몰래 만나는 사이도 아닌데 뭘

문 열고 기다렸지
우리는 말이야
맘 터놓고 밤에만 만나는
은밀한 사이

담장에 핀 꽃

햇살 한 아름 부여잡고
눈부시게 떨고 있네요
감사해요
내 생이 달라졌어요

갈바람 부는 어느 날
아슬아슬 곡예 하듯
저리도 환하게 웃고 있는 임

세상을
세상을 이겼네요
너무나 아름다워요

좌절과 분노로 아득했던 세월
나 이제 슬퍼하지 않을래요

내 마음에 담장 꼭 부여잡고 있는
그 사랑 그 열정 빌려
꽃이 피고 있거든요.

아침 연가

밤새
예쁘게도 피었습니다

말간 이슬이 또르르 구르며
서정시를 씁니다

숨 막힐 듯 기가 막힌 시

구름에 갇혔던 젊은 햇살이
살금살금 꽃방에 놀러 와
사랑에 빠졌습니다

그것뿐입니다
아름답게 핀 꽃 한 송이

제목 : 아침 연가
시낭송 : 박영애
스마트폰으로 QR 코드를 스캔하면
시낭송을 감상할 수 있습니다.

들꽃

너는 거기에 앉아있고
나는 지금 너에게로 간다

멍울멍울 가슴에 지닌 슬픔일랑
다 지워 버리고
조금만 더 가까이
조금만 더 가까이

네가 나에게 눈길을 주듯
나도 너에게 눈길을 주고

누가 너더러 들꽃이라 하였던가
수줍은 너의 미소는 그리움이라 하자

한낱 뜨거운 햇빛보다 더 가슴 따뜻한
사랑이었던 것을

고독

지독하리만치
심한 고뿔을 앓고 있었다

길가는 사람
붙잡고 물어봐도 모른다고 했다

줄기차게 내리는 빗속에
흠뻑 젖은 나무처럼

지금도 그는 혼자서 서 있고
혼자서 떠돌고 있다

팻말 하나 들고서
바람과도 섞이지 못한 채

기다림

곱게도 앉아있다
붉은 입술 파르르 떨며

목 빼고 기다리다
검붉게 충혈된 얼굴은
애간장 다 녹인 마음에 상처

짓궂은 바람이 밟고 다녀서
밤새 잠 못 이루었지만
다시 피었다
보름을 돌아서 둥근달 떠오를 때까지

벼랑 끝에 핀 꽃

작은 씨앗 하나
하늘의 힘을 빌려 틈새 비집고 뿌리내리고
용케도 올라왔구나

산야 여기저기 자리 틀고 앉아
살아가면 그만이거늘
천 길 낭떠러지 오르고 또 올라
억만년 비바람 속 인고의 세월을 이겨내고
틈새 한 귀퉁이 빌려 꽃을 피웠네

가냘픈 여인네여
아슬아슬 암벽 넘나들며 바위의 마음을 움직인 힘
그 모습 아름다워라.

꽃들의 웃음

하루의 무게가 돌덩이처럼
어깨를 짓누를 때

추운 겨울 헤치고 용케도 살아남아
눈 비비고 일어나 마중 나온 베고니아
꽃분홍 철쭉이랑 자줏빛 사랑초

예쁜 꽃 미운 꽃
향기 풀풀 날리며 나를 반긴다

겨우내 얼어 죽을세라
뿌리를 감싸고 동여매어 키운 은혜의 보답일까
한 치의 소홀함 없는 아내의 정성일까

살짝이 웃음 짓는 모습에
불끈불끈 힘이 솟는다.

동백꽃

요염하다
여인네 립스틱 짙게 바른
붉은 입술

머나먼 길
해풍 헤치며 달려온 남정네
포개진 입 숨소리 거칠다

물씬하다
바닷냄새
물오른 몸뚱어리 어쩌지 못하고
차가운 바닷가 뜨겁게 활활

애 절 타
사랑 한줄기
목이 마른 긴 겨울밤

연꽃

너의 농밀한 자태로 하여
후끈후끈 달아오른다
취기 오른 술꾼처럼

훅하고 불어오는 바람의 향
뜨거운 열기만큼 묻혀오는 살빛 내음

긴 밤을 흐르고 달빛 내린다
천상의 여인네

잎새들 밀쳐내며
둥글게 둥글게 말아 올린 사랑아

호박꽃

길섶인들 어쩌랴
선하게 앉아있다

촉촉한 이슬 머금고
마음자리로 피었구나

밤새워
꽃대에 매달려
젖을 물고 있는 저 어린 것들

어허 저걸 어쩌랴
한없이 주는 저 뜨거운 사랑

우리 모두에게 사랑이었다
가난한 어미의 품이었다

분홍바늘꽃

어라
쟤네 배냇짓 하는 것 좀 봐

비 그치자
구름 쉬어가는 맑은 날
발가락 손가락 꼼지락꼼지락
배시시 하품하며 하늘 보고 웃잖아

가만가만
귀도 좀 기울여봐
옹알이를 하고 있어

띵까띵까
초록이 와서 얼러주고
띵까띵까
바람도 따라 얼러주네!

재회

우두커니 거리를 거닐다
문득 마주한 서로의 눈빛이
고압선의 전류에 감전된 듯
파르르 경련을 일으킨다

까까머리 학창 시절
기세 좋게 세상을 바라보고
철학 문학을 논하며 아웃사이더였던 나에게
손 내밀며 살갑게 다가왔던 친구야

유수와도 같이 흐른 세월 앞에서
희끗희끗 반백이 된 머리카락
광채 나던 얼굴엔 인생의 훈장인 양
달고 있는 상등병 계급장

휘둥그레 허공을 둘러보던 눈동자
얼싸안은 어깨 위로 그리움이 녹아
눈물비 되어 촉촉이 젖어온다

기다림

뻐꾹 뻐꾹 울음소리
산야 휘휘 돌아 풍금을 탄다

시퍼렇게 날이 선 하늘
죄스러워 호호백발 머리 숙여 고개 떨구고

감지 못한 두 눈
얼굴 검붉은 핏빛으로 물들어
종 되어 굽신거린다

누구를 기다리시나
저 홀로 무덤가 자리 깔고 앉아있는
할미꽃

할미와 할배의 끈

신호대기에 걸려 서성거리는 바람같이
갈 곳 잃어 심쿵 심쿵 비가 내린다

읍내 장터에서 노점 행상을 하시는 할미
부랴부랴 짐 보따리 머리에 이고
활처럼 휘어진 산등성이를 넘어오고 있다

후드득후드득
나무들 후려치는 소리
하루종일 허기가 진 속 쓰린 창자가
숲속을 더듬고 있다

별 탈 없던 하루가 내내 고마워
사립문 빼꼼히 열어둔 채
손톱 달처럼 하얀 틀니를 드러낸 할배가
병색이 짙은 얼굴로
마중길 나서고 있었다. 빗속을

반려자

자지러지게 웃음 터트리며
연분홍 꽃봉오리 벚나무 등 가마 타고
스무 살 어린 나이에 시집을 왔다

둥지 틀어 산비둘기처럼 구구
산비탈 오르락내리락 물동이 이고
육 남매 큰 며느리로 슬하에 아들놈만 둘을 낳았다

고된 시집살이
서방이라는 작자 젊은 나이
뼈 마디마디 속 비어가는 지병으로 몸 져 왔을 때
궁색한 가난의 굴레가 덤으로 얹혀살고 있었지

사십여 년 하고도 수년의 세월
고통의 덫 걷어내고
남향 받으니 제 새끼 데리고 떠난 꿩들의 둥지처럼
마음 허하여 헛발질도 하여보련만

벼랑 끝 아슬아슬 흐려지는 길 반듯하게
두 손 꼭 부여잡고 용케도 버텨주었네
아 사랑합니다. 나의 반려자여
평생의 멘토여

벌초

소나무 등껍질처럼 딱딱하게 굳은
세월의 등 결을 어루만지며

서른을 돌아앉아
갈증 같은 목마름으로 밤새워 서성거리고

뗏장 숭숭 잡풀들 어우러진
속살 누렇게 드러낸 황톳빛 무덤가

도란도란
흐르는 시냇물 소리로 작문의 편지를 써
어화둥둥 심청가 한 대목
휘이휘이 산자락을 휘감아 육 남매를 부르신다

탐하다 시를

유영서 시집

2020년 1월 13일 초판 1쇄
2020년 1월 17일 발행
지 은 이 : 유영서
펴 낸 이 : 김락호
디자인 편집 : 이은희
기 획 : 시사랑음악사랑
연 락 처 : 1899-1341
홈페이지 주소 : www.poemmusic.net
E-Mail : poemarts@hanmail.net

정가 : 10,000원
ISBN : 979-11-6284-176-1